歌集

逆光の鳥

伊東文

＊目次

I

II

伊東文歌集

逆光の鳥

I

光もどり来

谷に濃く靄たちこめて朝となる雨水ののちを降りつづく雨

山並みの雲透きとほり流れたり削られし丘に光もどり来

売家の庭春めきてなほ謐か通りすぎまた振りかへり見つ

日をあびて庭の菜摘まんぐんぐんと水菜こまつなキクナ闌けゆく

莟もつ青菜の先をゆがきをり厨に春の匂ひはみちて

百姓はきらひだよつて言つたのにままごとのやうな畑を作る

絹さやにあかき花さき豌豆にしろき花さく　さつき朔日

花間よりぬつと顔だす金蛇の長きしつぽはまだ花の中

豆のすぢ取りつつ祖母のこと想ふなつかぬ吾をさびしみし人

豆の木を透かして届く祖母のこゑ「なかよう二つさがつとるんよ」

二つづつ下がるみどりの絹さやの片方とればかたはうゆれる

双莢種の豆

豆飯の炊ける匂ひのただよひて二階より夫と娘下りくる

庭畑に落ち豆ひろふ山鳩は朝の木もれ陽つつきゐるごと

BANANA CASE

家路へ急ぐ人らのさざめきに包まれわれは職場へむかふ

突風に塾のポスターあふられて「君の未来」は飛びたちさうだ

指示どほりあちらこちらの教室に出向く　重たいかばんを提げて

成績のよい子がほしいといふ本音塾は生徒を選別しゆく

受験生四十八人詰め込んで冬期講習あつく始まる

演習を解くときいつも吾をよぶあの子はきつと一人子ならん

マーカーで成績ごとに色分けする生徒名簿が五色に光る

経営者替はり方針も変はる塾、古き人らは辞めてゆきたり

教室の窓にあふぎし半月を深夜かへりて山の端に見る

辞めようか続けようかと迷ふ日の口内炎にしみる酢の物

生徒より教師の方がきりきりとしたる一月志望校決まらず

不用意な若き教師の発言をとらへて責める受験期の少女は

合格の祝ひを低き声にいふ落ちし子もゐる事務所の隅で

お別れにBANANA CASEを贈られて肩の力がすうとぬけたり

もう少し続けてみようと思ふ春黄色いケースにバナナを詰める

きくきく歩く

吾のほそき血管に針入れようと鼻の頭に汗かく看護師《ナース》

点滴の管につながれゆつくりと姿をかへる雲ながめをり

あふむきのままでひねもす夫を待つ天井を這ふ蜘蛛のかたちに

重湯からお粥となりて公園の桜見ながら食べる贅沢

われさきに駅へと向かふ人の群れそれぞれを見下ろすわが刻はしづか

左胸の乳房なければ右側へ傾く身体　きくきく歩く

全身の力絞つてさくら咲く　わが空洞を埋めてあふるる

ブラインドの間《あひ》より見ゆる真夜中の桜しらしら外灯に浮く

リンパ節に転移はなしと知らされて一番に夫へ電話をかける

十年間付き合ひませうと主治医いふ宿直明けの眼しよぼしよぼさせて

人の死は一行のメモのやうにくる経唱へゐしひと個室にて死す

退院の日どり決まりし夕暮れにさくら降りしくさまを見てゐし

退院の荷物をはこぶ夫の背に木漏れ日まぶし足速めゆく

法隆寺国際高校

奈良県立法隆寺国際高校は田のなかに在り看板かかげて

稲田ゆく高校生の白シャツの列は途切れずコの字に進む

教室の窓にぽぷらの架ふりてハンニバルは今日アルプスを越ゆ

古書店に詩集ひらけば青色の線ひかれをり海となぎさに

居酒屋と観光ホテルに挟まれて息づいてゐる夜の陵

こんなにも青かつたのか梅雨晴れの天にキィーンと吸ひ込まれゆく

「どうして歌なんか詠むの」と娘に言はれ黙つてキャベツを刻んでをりぬ

葉の繁る木々のあはひの蝶のみち烏揚羽が音もなく飛ぶ

コンビニは二十四時間光る箱なかで働く人ら発光す

あかときに仕事を終へて子は帰る束の間眠る部屋の暗闇

単線の待合室に一人をればやもりは白き腹見せて寄る

雨雲が生駒の峰をこえてくる風の速さに雲は走れる

水呑むやうに

デルタなる広島の地に降りたてば橋は繋がる過去へ、未来へ

広島の日暮れは長いと夫は言ふ夏のみ吾の故郷にきて

青稲のさきに雫のつく朝を起きだす母の気配に目覚む

どうしても参ると言ふを止められずボトル両手に母のあと追ふ

赤さびの浮きたる手摺りに摑まりて一段いちだん這ふごと登る

上《かみ》ん分《でん》家《へ》の國夫さん、下《しも》ん分《でん》家《へ》の厚子ちゃん呼びつつ母は水注ぎゆく

墓石は乾いてゐたりこぷこぷと水呑むやうに音たて流る

墓石に刻まれてある命日は被爆の日より秋が多かりき

しばらくを原爆症に苦しみて生きつづけしか　水を供ふる

この字《あざ》の被爆に死にし人たちを長く忘れて吾は生ききぬ

杉の枝のあまた切られて顕はなる先祖の墓へさす陽の強し

記憶

菫の花のひとつひとつをゆらしくる風は素足の先をひやせり

こんなこと一人で悩んで馬鹿ぢやねえと母に笑はれたやうな月の夜

紫のトッパー似合ふ若き母うらの日付は父の文字なり

吾の知らぬ伯父伯母のあり原爆で死にし二人の写真もあらず

母の背のピカドンの痕消えゆけど甦りくる記憶あたらし

夏ノ夜ニ地面ガ青ウ燃エルンヨ。何万ノ屍体ノ燐ガ溶ケトルケンネ

蒸し暑き夜はいちめん燃えしとふ雨ふる夜はちりちり這ひて

苺大福

大和川にかかる鉄橋六つこえ主治医の移りし羽曳野へゆく

ぶだう畑いちじく畑とつづくなか果樹より高く案山子が立てり

三年がたちて主治医の言ふことにそろそろ薬を替へてみませう

薄氷《うすらひ》を踏むおもひにて転移恐ると書きつつも苺大福うまし

コスモスは生駒の山によく似あふ風ゆくりなく花ゆらし過ぐ

BOOK OFF にディキンソン詩集を見つけたり二百十円のシールの

吊されてときをり翅をふるはせる揚羽見てゐつ夕かげるまで

秋空へ斜めにかかる蜘蛛の糸とことこ上つてゆけさうな日よ

身のうちへあかるき影の入りきたり黄葉の木に午后の陽さして

コントラバス

冬晴れの葛城山がよく見えてベランダいつぱい布団を干せり

コントラバス女人のやうに抱きかかへ夫は出かける日曜ごとに

「霜におうた水菜がええよ、やはらこうて」九十五歳の姑喜びぬ

モノクロの写真黄ばみてゆく時を姑は生ききぬ日々家事こなし

知らぬまに老眼すすみ作文の文字小さくて眼鏡を借りる

四楽章レチタティーヴォをくりかへし弾きゐる人を下から呼べり

チケットはFの16「第九」弾くきみを観にゆくわれの歳晩

E線を押さへるきみの左手の指輪はづされ匣《はこ》にをさまる

生駒山から風がまつすぐ下りてくる冬は生駒に背をむけ暮らす

ひき抜きし大根の穴くらぐらと見えて両手に穴を埋めたり

かあさんと今夜はよぶな疲れはて牡蠣の身のごと殻をとぢたし

湯にうかぶ長き髪の毛揃ひをりいつまでかうして一つの家族

とびつきりの笑顔

金輪際死に直すことはできぬゆゑぢやあぐらゐ言つてから死ね、弟よ

年はなるる弟なればいつもいつも振りかへり見し　ついてきてゐるか

二十二で故郷を出た吾のなかに十七歳のままのおとうと

時雨きてしづかに庭を濡らしゆくこれからのこと話しゐる間に

もうええよもうかまへんよと人に言ふ本当は吾の言はれたき言葉

とびきりの笑顔の写真が選ばれて永遠《とは》に笑ひつづける弟

義妹《いもうと》が庭より切りしクリスマスローズ遺影のそばに置かれぬ

雨粒のつきたるままに活けられてクリスマスローズ遺影に触るる

高い所に

流されて行く人の顔が叫んでる。カメラは遠く高い所に
あの人は助かつてゐると思ひつつお好み焼きのキャベツを刻む

東京の友は停電うべなひて犬抱きねむると携帯メールに

花水木とふ便箋を買ひもとめ停電見舞ひを三軒へ書く

さくら花しろじろと咲く春の夜を地底嗤ふがごとく余震来

ともかくも夫の定年祝はんとシャンパングラスを合はせる夕べ

流されし人らの名前は消されたり関西版に数字のみ載る

てんころろ

てんころろてんてんころろ梅の実の落ちてはづめり　娘は嫁ぎゆき

隠元のネット張りゆく人の手が奏でるごとく硝子に動く

鵯はさきに気づいて飛びたてりぽつぽとぽと煉瓦ぬれ初む

レールより高く咲きたる母子草ふるはせ雨は本降りとなる

ゆふぐれの雨のホームに佇みて灯れるやうな枇杷の実みあぐ

しののめに帰りくる子へ戸を開ければ薄闇つきてほととぎす啼く

友の死のしらせ遅れて吾へとどく隠元の葉のさやぐ夕べに

単線の西陽さし込むベンチにて真つ正面へ日傘をひらく

せみの木と子らが呼びゐるすもものの木陽が差せば鳴き日の昏れも鳴く

蟬のこゑがふくらんでゆく夕暮れの二階の窓に歌集閉ぢれば

母を叱りぬ

二葉山に仏舎利塔の灯がみえて母の待ちゐる病院につく

母の手術の説明を聞くわが耳へ骨の形質は遺伝しますと

幸《ゆき》といふ名をもつ母の来し方を思ひてゐたり手術終はるまで

戴きしぶだう互みに含みをり丸い唇して静かになりて

細ごまと母は語りぬ父と見し「石の花」とふソ聯映画を

父は五十弟は四十六で亡くなれば老いを嘆ける母を叱りぬ

病院の廊下を往復するといふ生まれてはじめて誂へし沓に

「リハビリ室の若い人らは褒め上手」携帯電話に声弾みをり

炎天に苦瓜熟れてフェンスより赤き臓物《はらわた》こぼしつづける

窓の跡

窓の跡黒ぐろと校舎残りたり声ひとつ無き九月の空に

自衛隊車両も人も寡黙なりきびきびと資材おろして発ちぬ

金曜日のいつもの授業してをりき津波来たりしことも知らずに

「めつちやおつきい津波がきた」と言ひし児に「どこの国へ」と吾は訊きにき

チャリティーに売れ残りたる壺ひとつ青きさかなと目があひて購ふ

首ほそき子の喉仏の大きこと遅き帰宅の卓に向き合ふ

夜の橋渉ればわれは包まれてそのまま霧と家まで帰る

雛の夜をリュートしづかに鳴りいだす娘ふたりのをらぬわが家へ

鎔をゆく

風蝕の石仏は頭無くたてり櫟原《いちはら》川の橋のたもとに

風のしつぽ摑まへようと追ひかけし竹藪にもうだあれもゐない

耕運機のこんなに小さな物もあり棚田の土をくいくい起こす

椣原《しではら》の草は刈られて刈り残るたんぽぽ首をみじかく咲けり

鳴川《なるかは》の橋の下までできてみれば葛が広がり径をおほへり

谿間には橋が架けられ上を行く、峠へ向かふ人も車も

通らねば途は消えゆく葛の上を古人《いにしへびと》のごとく歩きぬ

木々の葉の億万の色ひるがへし風ふきのぼる千切るるほどに

「奥や滝」其角の一句おもひつつ水の岩打つ音に近づく

奥や滝雲に涼しき谷の声　宝井其角

夫と吾と互みに写真とりあひて岩に休めば鶯の声

木から木へ枝から枝へ鶯はひとしきり鳴き姿を見せず

栴檀の烟れるやうに咲く谿にうすむらさきの花あふぎ立つ

姑の渾身

枇杷の実の傷つきやすき一房をさげて満員電車に乗りぬ

大き匙にかゆと田麩を掬ひをり器のふちで摺り切りにして

三十分かけてどんぶり一杯の粥を食べゐる姑の渾身

高架橋の上より街並み見下ろせば工場《こうば》の間に川のながるる

歌詠まぬ夫が読みゐし『山鳩集』スプーンの章に栞はさまれ

空みえぬ部屋に臥しゐる姑の眼にけふ降る雨のやさしからんよ

閉店の曲の流るる本屋より出でくる人らみな俯けり

鳥善のにほひ漂ふ角すぎて夜の陵すがしと見やる

陶製ボタン

式典に合はせて蟬の鳴きはじむあの日の朝を覚えゐるごと

叔母の名が死没者名簿に書き足さるそのうち母の名も記されん

原爆死没者名簿（被爆者手帳を持つ者が死ぬと自動的に記される）

元安川の底ひの砂に交じりゐる学生服の陶製ボタン

薄闇の元安川の段おりて祖母と灯籠ながしし記憶

原爆で死にし伯父の名伯母の名がらふそくの火に浮かびてゆれる

祖母の手より暗き川面へ放すとき灯籠はちさく身震ひをせり

流されて揺りもどされて満ち潮の川面にたゆたふ灯籠あまた

水底に光差すとき陶製のボタン目玉のやうに光るや

ゆふぐれの橋

橋上の改札口をとほりぬけ夕光みちる広場にいでぬ

踊り場の裸婦像の脚まぶしくて眼を細めつつ階段のぼる

ゆふぐれの橋わたり来る人群れが裸婦像の下に広がりてゆく

空あふぐポーズに立てる裸婦像を照らす夕映えやがて翳りぬ

橋の下を県道府道が走りをり高の原とふ空近き街

この橋をわたれば京都かはたれの風に片側ふかれつつ越ゆ

蟻

死はときに生の隙間を衝いてくる凌霄花のはなに入る蟻

砂にまみれし蟬の死骸に群がりて翅・肢・顎と外してゆけり

休職届

蔓も草も伸びはうだいに伸びてゐる晩夏の庭ににらの花咲く

苞葉の日々とがりゆくその中に韮は蕾をふくらませをり

めひしば露草めひしば犬蓼　抜けばバッタの跳びだしてくる

かうして静かに人をまつてゐると昨日起こつたことが嘘のやうだ

PET検査終はりておそき昼餉はむ薬師寺の塔を正面に見つつ

東塔はしまの覆ひにかこまれて西塔のみが木立の向かう

実物大の肺の画像をまじまじと見つむ両手に載るほどの臓器

肺葉に小さき葡萄の房ひかり一呼吸ありて悪性と言はる

元気かと母に電話し二十分告げたきことをよう告げずゐる

生徒には病気のことは伏せたまま三月《みつき》休むと短く話す

黒板のすみずみまでも拭いてゆく児らの帰りし教室はしづか

半月の暈が二重にみえる夜　休職届をだして帰りぬ

どこまでも木犀の香がついてくる手術のまへの肺をみたして

ドレーン・ユニット

病室でナースコールを押すたびに詰所に流れる「エリーゼのために」

あかときのカーテン青く、水槽をよぎる魚影のやうにさびしい

点滴台にドレーン・ユニット固定され廊下を楯のごとく押しゆく

雨止みてときをり朴に日が当たる黄葉の葉のしばし光れり

病室の外にふく風見てをりぬ槐の枝の莢ゆれやまず

風つよき今日は東へ流れゆく雲のはなしをしたい　あなたと

急速に気温の下がりゆく窓べ山腹にある病院昏るる

ドレーンに溜まる液体あかあかとわが身の一部のやうに赫《かが》ふ

郵便局まで

二十日間の入院ののち帰る家ななめに干されし布団が見える

かへりきてまづ庭へいで葱つみぬ青あをと伸びすこやかなるを

ネームバンド付けしままにて退院し手の甲薄くなれば抜けたり

朝の空気とげとげとして鋭きを吸ひ込めばまた咳の出つづく

咳いて咳いて苦しんでゐる吾が居てそを見て涙流しゐるわれ

『夏・二〇一〇』読み了へて遺さるる夫をしおもふ　まだ死ねぬなり

百合鷗と漢字に書けば甦るくれなゐの脚　蘂のごとしも

息つぎの苦しき夜はゆりかもめの群れ飛ぶすがたおもひて眠る

ひさびさに郵便局まで降りてゆく秋の陽ざしを背に受けながら

登りゐる坂の途中で息切らすこんなところに紫苑が咲けり

杣山の闇

指さきに活字の凸凹なぞりつつ大正句集を読みすすめたり

しはぶきの聞こえくるごと淋しかり紙質悪きページめくれば

吉野にて兄の医院を手伝ひし石鼎はつひに医者になれざりき

深吉野の風土が詩魂ゆさぶりき鹿垣・谷・岨・頂上の野菊

高鳴きのごとく鋭きことばあり書きうつす間に翔びたつ　鳥よ

図書館行きの直通バスはなくなりて祝園《はふその》駅からまたバスに乗る

鹿火屋《かびや》とふ言葉頽れしいまの世に古き「鹿火屋」を図書館にさがす

原石鼎大正十年俳句誌「鹿火屋」創刊

殊さらに鹿鳴く夜は鹿火屋守一睡もせで火を焚きにけむ

通り雨にぬれて帰ればポストから amazon の本はみ出してゐる

髪へ肩へ秋雨染みてゆくやうに『原石鼎全句集』手に馴染みたり

秋風や模様の違ふ皿二つ

赤貧のたつき詠みし句、近ごろの夫と吾との昼餉にも似る

石鼎にはコウ子夫人の在りしこと誰よりも彼を理解せし人

兄いもうとのやうな夫婦と知りしとき子なきコウ子は揺れる野菊よ

枯れ草の覆へるなだりに挟まれてレール二本が先へと延びる

石鼎が荷馬車にゆられ往きし道百年のちをバスに辿りぬ

吉野とふ名前の町村三つありて東吉野は伊勢との境

鷲家口《わしかぐち》にバスを降りたりこの辺に兄赴任せし診療所ありき

花影婆娑と踏むべくありぬ岨の月

花影《くわえい》の句詠みし径なり石鼎が夜ごと帰りしみちを歩きぬ

刈られたる射干の葉青し径沿ひに三倍体の根は広がれり

神前に帽子をとれば本殿の奥の岳より風吹き抜ける

頂上や殊に野菊の吹かれ居り

小《を》牟《む》漏《ろ》岳《たけ》背負ひ野菊の碑は立てり樹々の葉さやぐ風の磐《いは》境《さか》

石鼎庵は丹《に》生《ふ》川上《かはかみ》へ移されて杉皮葺きの屋根のすがしき

午后の陽が六畳二間を照らしをり明るき部屋にしばし戸惑ふ

衣桁には袷かけられ横に佇つわれと殆ど変はらぬ背丈

晩年の写真に髯の好々爺　幻聴にながく苛まれしを

かなしさはひともしごろの雪山家

雪山家訪ひきて雪のなき吉野「かなしさ」は小さく彫られてゐたり

新木津《しんこつ》トンネルぬければ道は蛇行して底砂ひかる冬川に沿ふ

手入れされぬ杉の林の続きをりきりぎしに細き幹は傾げる

存在を消すかのごとく杣山の闇迫りくる谷に泊まれば

ツルマンリヤウの赤き実うすき氷をかむり光さしくる刻を待ちをり

II

梯子をかけて

ああこれがエゴの花かと、もう一度樹の下にきて花冠見あげる

夢がこぼれた跡のやうだと掬ひをり土にまみれる白き花びら

つづら折の暗峠《くらがり》を遠くより見をれば眩しカーブミラーは

亡き舅が梯子をかけて上りゐし瓦の屋根のなくなりて久し

路地へだて神社の大き樟の木が初夏の瓦へ葉を降らせたり

朔太郎忌CTスキャンに寝かされて造影剤を打たれてをりぬ

降りだせる雨粒のふち光らせて不如帰のこゑ渓よりひびく

弱音器

「かぐわしい」といふ語習ひし四年生が梔子のへに顔を寄せくる

ゆふぐれの平城宮址にふる雨に野良猫の仔も親もぬれゐん

芒《のぎ》ゆらす夏草しろく照らしだし電車の窓は通りすぎたり

五百万のコントラバスが欲しいといふ定年退職したる記念に

腰痛をもつ人なれば敢へていふ後何年弾いたり運んだりできますか

背をまるめコントラバスを弾く人の高音部《ハイポジション》へ伸びる指先
高音部は弦の下方

マーラーの五番が壁をつたひ来る雨の日弦のひびき籠もれる

半円のなかに潜りて膝かかかへそのまま眠りてしまひたき日よ

＊

真夜中に弱音器《ミュート》をふみぬ熊の掌の爪のやうなるミュートを踏みぬ

酔ひてしまへり

朝なのか夜なのかよくわからない薄明のエアポートに降りぬ

カーブする度に大きくゆれるバス後部座席に酔ひてしまへり

城壁と濠に囲まれ閑かなるディンケルスビュール日曜の朝の
ちりりりりちちりりりーと囀りの聞こえてロビンの朱色をさがす
鳴き声にさそはれ大きな菩提樹へちかづけば実の数多さがれる

縦書きに記せる文字のうへを吹くゆるき風あり　ゆびの間ながる

朝の陽にひるがほ白くひらきたり濠端の木の幹に絡みて

いちめんの萍《うきくさ》日差しを反射してまなこ瞑ればば水にほひくる

礼拝の終はりの鐘の鳴りひびき犬つれて木橋渡りくる人

対岸に黒き日傘のちらちらと見えて一人の時間をはりぬ

酔ひ止めを二錠のみたるなづきなりバスに揺られて見る夢あやし

飛鳥吟行

潦《にはたづみ》にくつをぬらして立ちどまる嫁菜のひくく咲く道の辺に

祝戸《いはひど》の橋の下より落つるみづ飛鳥川へと滾ちくだれり

バスを待つ薄暮の空に白じろと莢をたらして高き木がたつ

なんだらうとすたすた樹下に近よりて小林さんはこずゑ見上げる

二上山にしづむ夕日をゆびさしてあちらへ帰りますと降りたり

真夜中の作歌ノートにきて留まる草蜻蛉の腹ふくれをり

濃硫酸を希釈する術聞きながらガラス戸一枚きれいに拭きぬ

亡き父の夢より覚めてしばらくを障子の白きひかりに座る

宮水

のぼりきて風に微かな香りあり葉かげに枇杷の白花のぞく

宮水《みやみづ》を商ふ家に生まれきて酔ふほどに義兄《あに》は先祖を語る

両腕に錘のやうにかばん提げ今日も降りゆく入り日の坂を

あやめ池に遊園地がありしころ象の絵をかく子ら連れ行きし

畳んでも元のふくろに入らないポケットコートのやうだ記憶は

亡くなりて七年が経つおとうとの卒論の本まだとつてある

山墓の花をついばむ冬の鳥花びら白くこぼし翔びたつ

冬ざれの背戸畑につむ小松菜の葉さき縮れてゐるのが旨し

二センチのおにぎり

手をつなぎ産院までを歩きくれし姑のてのひら柔らかなりき

境内の一番大きな樟の木のそばを通って近道したり

白寿まであと二ヶ月となりし姑を真ん中にして写真を撮りぬ

「遠くからよう来られた」と母にいふ姑《しうとめ》けふは頑張つてゐる

二センチのおにぎり震へる手にもちて口へ運べり　みなに見られつつ

よき死期を迎へるための施設なり義兄の選びしレーベンス・ポルト

レーベンス・ポルト＝ドイツ語で命の港の意味

口からはもう食べられず点滴につなぐ命の一月もちぬ

眠る間も爪はのびゆく深爪に切れば眠れる姑の手うごく

姑の死に間に合はなかつた台風の豪雨のなかを夫は急げど

施設から葬儀場へと送られて亡骸はさびし　家の近きに

享年を百歳として人の死は語らる九十九歳と二日

白湯

二晩を陣痛の娘につき添ひてわれが産みたるごとく疲れぬ

沙也香に子はまだかまだかと云ひをりし写真の姑へ赤子抱きて見す

沐浴の後にお白湯をのまさうとすれば叱られおろおろと居る

夏草の穂にふれながらゆく道に酸葉は赤き種をこぼせり

萱草のオレンヂ色の花のへにのこる夕光翳りてゆきぬ

ゆふがほのかをり仄かにただよひくこんな処に花つける垣

ベビーカー押す娘の後についてゆく波寄するごと虫の鳴きいづ

抱き方の下手な娘と思ひをり（わたしもあんなふうに抱いてた）

終電を待つホームにてこぽかぽと昇りつづけるエスカレーター

雨が葉を土を煉瓦をうつ音の聞こえて今朝は夫にやさしい

鳥形木片

線刻のつばさの跡がのこりゐる鳥形木片みづに浸さる

甕棺に鳥のかたちの木片のおかれて死者は黄泉へ翔びたつ

刳りぬかれ棺となりし高野槙に亡骸の跡かはつか遺りぬ

高野槙のひつぎの蓋に釘穴のふたつ空けるを人は指さす

花瓶ほどの小さな壺に入れられて犬の頭蓋と四肢の骨出でく

鋒《きつさき》にヒトの脂肪酸つきゐしとふ矢尻・矛先ならべ置かるる

傷つきし人骨数多出できたり戦のたびに丘は掘られて

樹木葬のリーフレットを広げつつしきりに弥生の死者を思へり

骨の白

骨壺よりふくろに骨を移しゆくしろじろと灰は土へこぼるる

骨の白と砂粒の白は違ふから墓前に欠片をひろへり

ヒメツルソバきれいねえと見てをれば物置の前まで覆ひつくさる

新生児微笑のやうな光湧きて向かひの尾根に満月のぞく

おふくろは長生きしたなあ中空の大き満月見上げて言ひぬ

冬日

流れゆく電線の影鳥の影　冬日の照らす電車の床に

休日の電車の床の日溜まりに踝浸しうとうととせり

振りかへり搭乗口に両手ふるリュック背負ひて嫁ぎゆく子は

身めぐりの物を運びて籍を入れ里美は婚約指輪もいらぬと

処分してほしいと言はれし三箱より聖書と『塩狩峠』取り出す

籾殻を焼く白煙のたちこめて烟のなかに動く人影

句碑の字のくぼみ翳らせ石肌のあふとつにそふ冬の日射しは

ヒェーピェーこつちに来るなと鵯が啼く父逝きし日はながく啼きをりき

光がふるよ

君つけて婿を呼びゐる五月かな烏賊の刺身にビールすすめて

道明寺粉のぷつぷつが好きな子と二つづつ食ぶ匂ひ言ひつつ

〈克己心〉と書かれし色紙いできたり初ばあさんの撥ね勇ましき

グワンゴウジの娘さんだと紹介をされて別れし後に気づけり

葉つぱから光がふるよ　子どもらは柿の木下に空を見上げる

家族葬とはさびしき葬儀一人子にひとりの息子しか居ぬ伯母の

斎場のまへに河原の広がるを古利根川と教へられたり

どこまでも平らな道がつづきをりマイクロバスにゆく越谷は

恋の窪

回廊をのぼりて行けばゆくりなく椎のにほひの雨にまじり来

川おほふクレソンの花見てゐたり橋の四人も雨に濡れつつ

和紙のごと白き繊維の生えてゐる蛍ぶくろの花筒のさき

恋の窪すぎて眠りし車窓には見知らぬ街の暮れてゆく空

渋滞に動かぬバスの窓拭ふゆびの幅だけ夕闇が来る

夜の窓に流れる雨の跡おへばむかう側からわれを見る吾

真つ直ぐなやうであちこち曲がりをり早苗のすぢの並びやさしも

カーブミラーに夕焼け雲の映りゐて如雨露かた手に四つ角へ出づ

田水が沸く

田の水のしるくにほへる日盛りに「田水が沸く」とふ言葉のありぬ

おとうとに乳飲ませては田へもどる母はひと日を水につかりて

上がり框に乳ふくませる胸白しあゝいい風ねと母は言ひにき

泥のにほひ草のにほひの入りまじる農道ぬけて行くビデオ店

ゆふまぐれ胡瓜のむかうに佇める蒼白き影をわれは懼れき

捨てられし谷田《やとだ》のすみに陽の射して無花果の実の色づくが見ゆ

エノラ・ゲイの腹

八月の朝《あした》、少女は井戸端に立ちて仰ぎぬエノラ・ゲイの腹を

銀色のおほき機体は濃き影を曳きて牛田の山を越えきし

母の実家は爆心地より3キロ北東の、牛田山の麓にあった。

ただ一機飛来したりき家よりも大きな影が少女を覆ふ

見上げゐし瞳にきらきら光りつつ落ちくる物の美しく映りき

B29去りてふたたび洗濯をせんと屈みし直後なりしと

背後からの閃光と熱風に突つ伏して数分間をぢつと怺へて

朝光の射しくる井戸辺に屈みゐし少女は背中に火傷を負ひき

「熱い板でバシッと背《せな》をしばかれた」痕の残れる背中小さし

その朝に初潮むかへし十五歳、下着を濯ぎゐて助かりき

「ずる休みしたんよ」と母はうつむきぬ工場へ向かひし友ら死にけり

息子の厨

一人居の息子を部屋に待ちをれば汗のにほひをさせて帰りく

吾の炊きし栗飯むかひに食べながら店の景気の悪きを言ひぬ

一人用電気ケトルにゆで卵つくりゐるらし息子の厨

日当たりの良い方ばかりが赤くなる木は人よりも正直にして

よばれゐるこゑがきこえてふりむけばただ黄葉の葉のふりつづく

王寺駅の長き陸橋わたりをり向かうに待つ人だれも居らぬに

さみしいかさみしくないか職を辞する決心をして子は帰りきぬ

辞めていいよと夫がいひて吾もいひぬ碌に休まず働きし十年

風の鳴る丘

葉を降らす木の下とほり幼子は砂のお山を目指して歩く

楓ちやんもこんなだつたらう母の手につながれ一段いちだん下りる

木偏に風と書いて楓といふ名前　風にふるへる葉を思ひたり

目の前の幼なもすぐに一年生かへでちやんのやうにピアノ習はん

白樫のちさきどんぐり拾ひてはベンチの板に子らは並べる

幼なから視線をあげて見る丘に捨てられてゐき遺体の少女は

べうべうと風吹きゐたり現場囲む黄色いテープを烈しく揺らし

風の鳴るころゑ聞きしよりわが裡に小さきてのひら浮かんでは消ゆ

街路樹の落ち葉で溝は詰まりをりきのふの雨が坂を流れる

赤いはつぱ黄色いはつぱと拾ひゆく幼なの顔より大きかへるで

瘤多きさたう楓の坂道をのぼりてゆけり記憶たどりつつ

まつすぐに夕陽の射してくる丘の中腹にある農機具小屋は

あをあをと塗り替へられてもあの小屋だ下の溝には大き花束

十一年経ちても花束おかれゐる舗道にながく手を合はせたり

十一月十七日を忘れないあの夜わたしは傍を通りき

夜更けてしぐれふりにき楓ちやんはさむかつたらう、さびしかつたらう

すぐ傍の石垣のへに建つ家が何度もなんどもテレビに映りぬ

冬は風のとほり道なり造成地の擁壁と田のあひだの道は

売り出しの区画に幟はためけりこちら側だけ昔のままで

いつの日か此処にも家が建つだらう若き夫婦と子らの住む家

ゆふぞらに明滅しゐる飛行機の光見送る山越ゆるまで

平成十六年十一月十七日、奈良市に住む小学一年生の女児（楓ちゃん）が誘拐され、翌朝わが町の側溝で遺体となって発見された。

霧

冬が来るもうすぐ来るぞとこゑのしてドアを開ければ朝霧の立つ

道よぎる人の影さへおぼろなり霧のなかから不意に呼ばるる

霧のなかに手をひらきたりゆびのまをはつかにぬらし何かすぎゆく

蹠《あなうら》に舗道のでこぼこ感じつつ霧のあしたを駅まで下りる

花つけしままに葉ずゑのもみぢしてヒメツルソバを抜かないでおく

研修に出かけて居ない子の部屋の蛍光灯を夫と取り替へる

のぼりきたる道沿ひに家ならびをり幾つかはもう人棲まぬ家

此処で姑の骨うつしたり　人工骨に付きゐし螺子の錆びてころがる

月夜なり物干し竿に留まりをる木菟の仔にみみづくの影

子の住む街

ブロンズの少女の像と見てをりぬ子の住む街のふかき曇天

海越えて北北西の風がふく高炉の煙まよこへ流れ

まだ暗い午前七時にごみを出すエレベーターの前にならんで

眠りゐる赤子を暫くのぞき込み婿は真冬の北京へ発てり

冬晴れの光のなかへ干してゆくひよこ模様のちさき服など

夜どほしを泣きては起きるみどり児とその母眠る遮光の部屋に

平成二十八年四月十四日夜、震度7の地震が熊本県で発生。
子の住む北九州市も震度5弱の揺れに襲われた。

速報を見つつ娘に電話すれば「また揺れてる」と直ぐに切られぬ

鎧兜かざれど翌日しまひしと十二階の部屋に余震つづけり

赤ん坊を抱いて降りるは無理ならん非常階段奈落のごとし

速報を見ながら眠りてしまひたり夜更けの画面に警報音ひびく

母さんは構ひすぎると言はれをり春ののげしのやうにはゆかず

逆光の鳥

降りやまぬ日にも坂道下りゆくシューズの紐をかたく結びて

ふり向けば団地が見える入り口に鳥獣保護区の赤き標識

馬鍬淵《まぐはぶち》より一気に下る水流の雨の日轟音たてて下れり

橋わたり急勾配にさしかかる壁一面の落書きも濡る

竜田川越えて歯医者に通ふ日の死ぬまで続くやうな気がする

太き指の手袋ごしに温かく頰と歯茎にそを感じをり

削られてゐるのは歯なのか吾なのか分からぬままに削られてゐる

裕子さんに歯痛の歌のありしこと思ひ出したり治療されつつ

治療いすに雨を見てをり生駒山の鉄塔の影かすみて見えず

舗装路を流れる水に沿ひて行く公園に今日はわれと鳥のみ

息を吸ふたびに小さく疼きをりあと暫くは小詩人*なるか

＊「大詩人は大いなる歯痛を持ち、小詩人は小なる歯痛を持つ！」
アンデルセン童話集7『歯痛おばさん』

ああほんの束の間わか葉も幼子もまだやはらかく照り翳りせり

囀りのふりくる空の高みには羽搏きつづける逆光の鳥

六日間

午前二時の電話に母の危篤知る、小脳からの大出血と

人工呼吸器着けますかと訊かれをり（わたしが行くまで死なんといてや）

広島の病院にて

「おかあさん」何度呼んでも応へなく機器につながる体の温き

警報音《アラーム》のたえず鳴りゐる中に寝る刻々死にゆく母のかたへに

一日に五〇〇cc三袋を点滴されて浮腫みゐる顔

精一杯げんきな声でこの朝もおはやうと言ふ眠りゐる母へ

母の死を受け入れてゆく時間なり会はせたき人ふたりを呼びぬ

血圧の低下するたび駆けつけて看護師が母の脚もち上げる

手足次第に冷たくなりて看護師は電気毛布に母をくるめり

六日間共に過ごしぬ病窓の蔦のもみぢを母に語りて

ことんことん

頭の芯のじーんと冷えくる薄明に起きいで母の遺影をながむ

器量自慢の母が選びし写真なり十年前の面ふっくらと

よく知らぬ人にも知りたる人らにも痺るるまでに頭を下げつづく

抱かるる腕より下に降りたいと乳飲み子ぐづる読経のさなか

一時もぢつとせぬ子を抱き上げて出でゆく婿を目の端に見る

被爆せし母の身体を火葬炉の烈しき炎が灼きつくしたり

マイクロバスにわれとお骨と帰りゆく駅へ四辻へ人ら降ろして

曲がるたび骨壺ことんことんと揺る　わが膝の上《へ》に眠れる母か

火傷の薬

国立広島原爆死没者追悼平和祈念館にて

母の名をパネルに押せば現れるわれが送りし母の顔写真

死ぬ前の八十五歳の写真なり被爆当時の写真はあらず

コピーされぼんやりしたる母の顔泣きゐるやうな笑まへるやうな

被爆場所、被爆年齢の欄の下「体験記あり」と記されてをり

閲覧室に母が自ら応募せし被爆の手記を出してもらひぬ

Ａ４の用紙をびつしり覆ひたる筆圧つよき字　母の文字なり

傍らに母の呼吸を感じつつもう亡き人の手記読みすすむ

「原爆投下五十年目に思う」と題されて吾が知らぬ母の被爆直後

B29見しことどこにも書かれゐず井戸端にゐて被爆せしとのみ

海軍の将校なりし次兄より届けられたる火傷の薬

とてもよく火傷の傷に効きしといふ母の背中の痕小《ち》さかりき

自分のことよりも家族や友人の被爆死詳しく書かれてゐたり

私に被爆に死にし青果商の曾祖父母ありしと初めて知りぬ

すぐ上の兄の遺体を畑にて焼きし臭ひは忘れられぬと

子や孫の体に与へる影響を心配すると最後の一行に

祈念館出づれば陽差しのかたむきて地下の出口の翳りてをりぬ

吾がすわる椅子

本通に市電を降りて西へ西へ人の流れにつきて歩けり

デジタルは6:20を表示してタリーズにもう人の座れる

爆心地の石碑《いしぶみ》小さく立ちてをり島病院の壁の間際に

夾竹桃のピンクの花が見えてくる元安川の岸辺に沿ひて

橋を渉ると空気が違ふ茂りたる木々の根本の土かをりくる

ブラスバンドの音合せする一角に朝日のさして光る金管

沿道に学生ボランティア立ちて献花の菊を手渡しくるる

この人も遺族なるらしレストハウスの前に佇む黒衣の老女

規制線張られて行けぬ向う側に待合せせし人を見つける

黒帽子の人と日傘のわたくしと手を振りあへり平和公園に

各国の大使が入場するたびに止められてをり車椅子の人も

遺族席のとなりに認定被爆者席ありて進みぬ目礼しつつ

認定の二文字重し。認定されぬ被爆者の席どこにもあらず

八月六日ののちの七十二年目を母に替はりて吾がすわる椅子

式典には一度も参加しなかつた晴れやかすぎて好かんと母は

車道より「帰れ、帰れ」と聞こえくるシュプレヒコール徐々に遠ざかる

前の席の人が落としゝハンカチを拾ひてそつと肩を叩きぬ

座りゐる人ら包みて蟬声がテントのなかを膨らましゆく

式典は八時ちやうどに始まりぬ鎮魂の曲低く流るる

新たなる原爆死没者五五三〇名アナウンスの声よく通りをり

一人づつ墨に書かれし死者の名の重なりあはん石室《むろ》の真闇に

報道の腕章つけたる二人きて近くより喪服のわれらを写す

慰霊碑へ礼する首相を見てゐたり署名されざりし条約思ひつつ

核兵器禁止条約

母逝きて母の被爆のあれこれが零れはじめる吾の記憶から

「オバマさん来たね」と言へば「遅すぎ」と語気を強めて電話に言ひき

遺族席にわれは座りて炎天に立ちつづけゐる数多の参拝者

空席の目立つテントの椅子のうへ式次第のみ置かれてをりぬ

黙禱にかうべ垂るれば降りてくるミスト冷たく首を濡らせり

向きそろへ花を置きたり慰霊碑の前にたまゆら母を想ひて

銀杏樹《いちやうじゆ》の影を伝ひて帰りゆく川のひかりを右に見ながら

ヘブンリー・ブルー

境界の金網こえて迫りくるヘブンリー・ブルー夜目にも青き

Qの字に絡む二匹の金蛇よはやく退かねば轢かれてしまふ

ポケットに携帯を入れ皿洗ふ今日も八時に架けてきさうで

茄子浮かべ水のかすかに赤ければ身裡の錆のにじむごと見ゆ

「平らに群れると書いて平群《へぐり》」と応へをり母の法事に三度訊かるる

草庭に虫の鳴きだすゆふさりは如雨露にそつと水かけてゐる

段の端に白杖ぴしと当てながら上りゆく脚　見つつのぼりぬ

山腹に貼りつくやうに家が建つ生駒の山は風化花崗岩

ゆふやみは空から降りてくるものとながく思ひぬ　丘に暮らして

跋

小林幸子

伊東文さんとの出会いは二〇〇九年夏、京都での全国大会だったと思う。奈良在住の人たちの間に、奈良歌会を立ち上げようという気持が高まっておりそのメンバーの一人が伊東さんだった。奈良生まれの私は、歌の原郷ともいえる大和に歌会がないことを残念に思っていたので、奈良歌会の発足はうれしいことだった。畝傍山が目の前に見える橿原市の会場で歌会が始まり、春と秋には私も出席した。そのときの記憶に残る歌が歌集の初めの方にある。

奈良県立法隆寺国際高校は田のなかに在り看板かかげて
稲田ゆく高校生の白シャツの列は途切れずコの字に進む

「奈良県立法隆寺国際高校」という長い固有名詞から始まる一首目。歴史と国際性を併せ持つ高校は誇らかに看板を掲げている。二首目は、田のなかにある校舎へ、生徒たちの白シャツが早苗の緑のなかを進んでゆく朝の光景が「コの字に進む」と、俯瞰的に歌われくっきりとした印象の歌になっている。

祝戸《いはひど》の橋の下より落つるみづ飛鳥川へと滾ちくだれり
二上山にしづむ夕日をゆびさしてあちらへ帰りますと降りたり

II部の「飛鳥吟行」の連から。飛鳥村への吟行には私も参加していた。飛鳥川の歌は、「祝戸」という呪術的な地名がはたらき、その橋の下から滾ちくだる清冽な飛鳥川の勢いがみえる。二上山には大津皇子の墓があり、「あちらへ帰ります」が、はるかな彼岸へ帰ってゆくかのようにひびく。

「法隆寺国際高校」の歌と比べると、歴史という大きな時空につつまれている。伊東さんの上に過ぎた数年間の密度を思うのだ。

伊東さんは生駒郡平群町《へぐり》という古代豪族の居住した地に住む。生駒山の麓の開発が進んで新しい住宅地が拓かれた。その土地の風景が歌の背景となっている。

谷に濃く靄たちこめて朝となる雨水ののちを降りつづく雨
山並みの雲透きとほり流れたり削られし丘に光もどり来
竜田川越えて歯医者に通ふ日の死ぬまで続くやうな気がする

山腹に貼りつくやうに家が建つ生駒の山は風化花崗岩
ゆふやみは空から降りてくるものとながく思ひぬ　丘に暮らして

一、二首目は巻頭歌、四、五首目は巻末に置かれている歌。二上山、葛城山、生駒山の山並みから、雨も光も夕闇も降ってくる。季節そのものが山を越えてくるといってもいい。おのずから日常の歌の光景にも傾斜がうまれ、平面的ではない。駅や郵便局や医者へゆく道の登り下りが、元気なときも病の後も、作者の息遣いを伝える。三首目は、「竜田川」という紅葉で知られる歌枕の地名と歯医者の取り合わせがおもしろい。

豆飯の炊ける匂ひのただよひて二階より夫と娘下りくる
身のうちへあかるき影の入りきたり黄葉の木に午后の陽さして
コントラバス女人のやうに抱きかかへ夫は出かける日曜ごとに
「霜におうた水菜がええよ、やはらこうて」九十五歳の姑喜びぬ
ひき抜きし大根の穴くらぐらと見えて両手に穴を埋めたり

しののめに帰りくる子へ戸を開ければ薄闇つきてほととぎす啼く
雛の夜をリュートしづかに鳴りいだす娘ふたりのをらぬわが家へ

平群の丘の上の暮らしをのぞいてみよう。庭に菜園があり季節ごとにいろいろな野菜が育つ。豆ごはんのおいしそうな匂いにひかれて、家族が二階から下りてくるおだやかな夕景。二首目は、「あかるき影」が身のうちへ入ってくるふしぎな感覚をうたう。黄葉のまぶしい樹下に、身体の内と外で光と影のゆれやまぬ歌だ。

夫はコントラバスを弾くひとらしい。あの大きな楽器を「女人のやうに」そっと抱きかかえて演奏会や練習に出かけてゆく。菜園の水菜は、九十五歳の姑を喜ばせる。その素直なほめ言葉がしみじみとあたたかい。五首目は穴を埋める両手に不安があふれる。しののめに戸を開けると息子とともにほととぎすの声が入って来る。夜中に働く息子への母の思いがにじむ。娘たちのいない雛の夜にリュートを弾くのは夫だろうか。息子も二人の娘もやがて家を離れ歳月が過ぎて行った。

伊東さんが歌を作り始めたのは二〇〇六年の夏、自身の病気や弟の急逝があり、うつうつとしていた気持が不思議に落ち着いたという。そのときの歌が歌集の初めの方におかれている。

左胸の乳房なければ右側へ傾く身体　きくきく歩く
全身の力絞つてさくら咲く　わが空洞を埋めてあふるる
リンパ節に転移はなしと知らされて一番に夫へ電話をかける

手術後の身体を対象にすえて目をそらさず、「きくきく歩く」と自分しかわからぬ身体感で歌う。身体の空洞を埋めて咲きあふれる桜はいのちの形象である。「リンパ節に転移はなし」という診断は、術後の日々の拠り所になっただろう。歌という詩型は心を言葉にするための促しとなる。
主治医のもとへ定期的に通いながら、進学塾の講師という仕事を持ち、母や姑を訪ね、家族との時間を大切にして忙しく日を過ごしていた。

この字《あざ》の被爆に死にし人たちを長く忘れて吾は生ききぬ
夏ノ夜ニ地面ガ青ウ燃エルンヨ。何万ノ屍体ノ燐ガ溶ケトルケンネ

元安川の底ひの砂に交じりゐる学生服の陶製ボタン
水底に光差すとき陶製のボタン目玉のやうに光るや

伊東さんの郷里は広島である。墓参に行って、伯父や伯母、親類の人、同じ字の人たち、たくさんの人が原爆で死んでいる事実をつきつけられる。戦後生まれの伊東さんは、むしろ身近な被爆者を忘れようとしてきたのではなかったか。母のつぶやきのような二首目、被爆地の地面が青く燃えるという光景が広島の言葉で語られ、凄絶で哀しい。金属は兵器に使われたので、学生服のボタンは陶製だった。あの日原爆で死んだ学生たちの服の陶製ボタンだけが溶けずに、元安川の砂に交じっているという。水底に光が差すと、たくさんの陶製ボタンが目玉のように光るという想像は打ち消し難い迫力をもつ。学生たちのたましいが光るのだ。

かうして静かに人をまつてゐると昨日起こつたことが嘘のやうだ
肺葉に小さき葡萄の房ひかり一呼吸ありて悪性と言はる
黒板のすみずみまでも拭いてゆく児らの帰りし教室はしづか

どこまでも木犀の香がついてくる手術のまへの肺をみたして
あかときのカーテン青く、水槽をよぎる魚影のやうにさびしい
二十日間の入院ののち帰る家ななめに干されし布団が見える
かへりきてまづ庭へいで葱つみぬ青あをと伸びすこやかなるを

静かな歌いぶりに、何が起きたのかを知るまでにすこし時間がかかりそうだ。術後八年目の検診で、肺に新たな病巣が発見され手術をうけた。二十日間で退院できたのは経過がよかったといえるのだろう。「ななめに干されし布団」に妻の退院を待つ夫の思いが表れている。帰宅してまず庭に出て摘んだ葱は夕餉の卓に並んだだろう。苦しい体験が詠われているのに歌は重くなってはいない。何処からか微かな光がさしているように感じられる。

退院して三か月後には職場に復帰し、六十歳まで仕事を続けた伊東さんの前向きな生き方は歌集の礎になっていると思う。

ああほんの束の間わか葉も幼子もまだやはらかく照り翳りせり

囀りのふりくる空の高みには羽搏きつづける逆光の鳥

歌集の終りの方にこの二首が並ぶ。幼子は娘の子供であろう。「ああほんの束の間」と、わか葉と幼子の、やわらかく照り翳りするいのちを讃え、愛おしんでいる。二首目は歌集名のとられた歌。「あとがき」に、必死に飛びながら囀っている逆光のなかの小さな鳥影をみたときの感動が記されている。

囀る雲雀の影を捉えようと小鳥のシルエットに眼を凝らしている者も、ひたすらに羽搏きながら囀っている逆光の鳥も、作者自身であろう。

歌集をまとめようと思ったのは、母に読んでほしかったから、と「あとがき」に記す。「塔」に載った歌を読んで、母の記憶が呼び覚まされ、被爆のことを語り始めることもあったという。

八月の朝《あした》、少女は井戸端に立ちて仰ぎぬエノラ・ゲイの腹を
「熱い板でバシッと背《せな》をしばかれた」痕の残れる背中小さし
「ずる休みしたんよ」と母はうつむきぬ工場へ向かひし友ら死にけり

原爆投下のその時の記憶は「エノラ・ゲイの腹」という連に歌われている。母の記憶はここからさらに言葉になる日を待っていたにちがいない。

しかし母は脳内出血に倒れ、駆けつけた娘と六日間を過ごして旅立った。

伊東さんの悲しみは深く、歌の詠めない日々が長く続いた。母に読んでもらうための歌集はそのままに置かれた。伊東さんが再び母の体験を詠い始めたのは、国立広島原爆死没者追悼平和祈念館を訪ねたときである。

母の名をパネルに押せば現れるわれが送りし母の顔写真

被爆場所、被爆年齢の欄の下「体験記あり」と記されてをり

すぐ上の兄の遺体を畑にて焼きし臭ひは忘れられぬと

子や孫の体に与へる影響を心配すると最後の一行に

思いがけず母の「原爆投下五十年目に思う」という手記を読んで、母が被爆の記憶を語り残そうとしていたことを知った。そのことが伊東さんの歌う力になったのだろう。

二〇一八年「塔」短歌会賞の応募作「吾がすわる椅子」をみておきたい。

遺族席のとなりに認定被爆者席ありて進みぬ目礼しつつ
認定の二文字重し。認定されぬ被爆者の席どこにもあらず
八月六日ののちの七十二年目を母に替はりて吾がすわる椅子
式典には一度も参加しなかつた晴れやかすぎて好かんと母は
「オバマさん来たね」と言へば「遅すぎ」と語気を強めて電話に言ひき
空席の目立つテントの椅子のうへ式次第のみ置かれてをりぬ

亡き母に替わって広島平和祈念式典に参列したときの連作三十首から抽いた。「遺族席」の椅子にすわって作者は、隣の「認定被爆者席」と、席を持たない非認定被爆者のことを考える。「吾がすわる椅子」には、式典に参加しなかった母の思いと、今その椅子にすわる吾への問いかけがなされている。「晴れやかすぎて好かん」、「遅すぎ」という母の言葉は、声としてまっすぐに伝わる。「吾がすわる椅子」は「塔短歌会賞」の次席になった。

歌集を、生前の母上に読んでもらえなかったことは、伊東さんにとってどんなにか寂しく残念なことだろう。しかし「吾がすわる椅子」を加えて、歌集の印象はずいぶん違うものになったと私は感じている。錘のようなものが舟縁から下ろされた。その錘は、元安川の水底に光るあの陶製ボタンにとどいている。

歌集『逆光の鳥』を、たくさんのひとに読んでいただきたいと心から願う。

あとがき

『逆光の鳥』は私の第一歌集です。題は、歌集のつぎの歌から採りました。

囀りのふりくる空の高みには羽搏きつづける逆光の鳥

降り続いた雨がやっと止んで、薄曇りの日でした。歯医者の帰りいつものように公園に立ち寄ったとき、空から鳥の囀りが降ってきたのです。細かいよく通る鳴き声。あ、雲雀だと思って見上げた眼に、黒い一羽の小鳥のシルエットが飛び込んできました。八ミリくらいの小さな影。濃く淡くかかった雲の下を、生駒の山頂に向かって羽搏いていました。鳶のゆうゆうとした旋回とも、鶫のうねるような飛び方とも違う、全身で忙しなく羽搏いている姿でした。雲雀はこのように必死に飛びながら囀っているのだと思い、歌に詠みました。

私はいつもこんな風に、歌を詠んでいるのかもしれないと、歌集を編んでいく内に思うようになりました。本当の雲雀の姿を捉えたと思って歌を詠むのだけれど、それは逆光の鳥影にすぎないのかも知れないと。でも、曇り日の逆光だからこそ、見えた姿なのです。

いつも、そのものの核心に触れたいと思って歌を詠むのですが、後で読み返すとそれは釘穴だったり、隅に転がる欠片だったりするのです。何故か、そういうものに心惹かれます。

*

短歌を詠み始めたのは、二〇〇六年の夏でした。身辺に私の病気や弟の急逝などが続き、鬱々とした気分で数ヶ月を過ごしていたのです。

ある日、誰にも言えないこの気持ちを歌にしようと思いたち、ノートに書いていきました。二日で二十首余りができました。『サラダ記念日』しか読んだことがなかったのに、定型があったから詠めたのだと思います。

カタルシスなのでしょうか、不思議と気持ちが落ち着きました。

「塔」へ入会してから、もうすぐ十年になります。発表の場があり、読んで評してくれる仲間がいることで、今日まで続けて来られました。

＊

歌集は、母が生きている時分、母に読んでもらおうと思って編み始めたのです。塔に載った私の歌を読むのが好きな人でした。「活字になる」というのは、特別のことだと言っていました。初めて選歌欄のトップに載ったのが、

夏ノ夜ニ地面ガ青ウ燃エルンヨ。何万ノ屍体ノ燐ガ溶ケトルケンネ

の歌が入った一連でした。母から聞いた、戦後数年間の広島市の夜景です。塔誌を見せると母は、青く燃える様子を一層詳しく話してくれました。それが次の「蒸し暑き夜…」の歌になりました。歌の言葉が、母の記憶を呼び覚ましたのでしょう。

それからは八月が来るたびに、原爆に関する歌を塔へ出詠しました。母の記憶がはっきりしている内に、歌に詠んでおきたかったのです。母に代わって詠んでいる、という思いもありました。

歌集は、二部構成になっています。

Ⅰ部は、二〇〇六年八月～二〇一三年二月までに作った歌です。初期の未発表作や産経歌壇に本名で載った歌、「短歌研究」に載った歌も入れています。Ⅱ部には、二〇一三年三月～二〇一八年二月までに作った歌を入れました。

歌集では、初出より歌を多少直していますし、新たに詠んで挿入した歌もあります。それを、ほぼ発表順に並べました。

＊

歌集をまとめるに当たり、小林幸子さんに選歌と跋文をお願いして、様々なアドバイスを頂戴しました。途中で母が亡くなり頓挫しかけたときも、待って戴きました。長期にわたりお世話になり、有り難うございました。

帯文は、塔の主宰の吉川宏志さんにお頼みしました。お忙しいなか、快く引き受けて戴き、心より感謝しております。

また、歌会でお世話になっている方々や、遠く住む歌の友にも相談に乗ってもらいました。この場を借りてお礼申しあげます。

出版に当たり、青磁社の永田淳さん、装幀の横山未美子さんにたいへんお世話になりました。

お母さん、やっと歌集が出来ましたよ。

二〇一八年　初夏

伊東　文

著者略歴

伊東 文（いとう・あや）

1954年　東京都に生まれる。
1958年　両親の郷里の広島市に転居。
1977年　大阪市立中学校の教諭として勤務。
1988年　奈良に転居。
2008年　「塔」短歌会へ入会。

塔21世紀叢書第323篇

歌集 逆光《ぎやくくわう》の鳥《とり》

初版発行日　二〇一八年七月三十日
著　者　伊東 文
　　　　奈良県生駒郡平群町緑ヶ丘五―一二―二 東方
　　　　（〒六三六―〇九四一）
定　価　二五〇〇円
発行者　永田 淳
発行所　青磁社
　　　　京都市北区上賀茂豊田町四〇―一（〒六〇三―八〇四五）
　　　　電話　〇七五―七〇五―二八三八
　　　　振替　〇〇九四〇―二―一二四二二四
　　　　http://www3.osk.3web.ne.jp/~seijisya/
装　幀　横山未美子
印刷・製本　創栄図書印刷

ISBN978-4-86198-410-5 C0092 ¥2500E